Paul Kaufmann

Abby – bevor es beginnt

Bibliografische Information der Deutschen Nationalbibliothek:
Die Deutsche Nationalbibliothek verzeichnet diese Publikation in der
Deutschen Nationalbibliografie; detaillierte bibliografische Daten sind im
Internet über http://dnb.dnb.de abrufbar.

Covergestaltung: Paul Kaufmann

Herstellung und Verlag: BoD – Books on Demand, Norderstedt

ISBN: 978 3 750 492530

Vorwort:

Dieses Büchlein ist eine erotische Erzählung von davor, von dem Tag bevor der Roman „Abby" beginnt.

Die Geschichte ist freundlich gehalten und morgenrot-sexuell. Morgenrot meint hier: Angedeutet wird, wie es für Abby werden wird.

Noch hat sie keine Ahnung. Sie hat keine Ahnung, was der morgige Tag lostreten wird bei ihr.

Noch liegt Abby in der Sonne am Strand, schläft und ihr Freund Ted sitzt hinter ihr gelangweilt. Es ist unspektakulär. Sie sind ein Paar, Sonntagnachmittag. Nichts Besonderes. Nichts scheint besonders zu sein, aber das täuscht.

Abby kann nicht wissen, was in ihr steckt und welchen Umfang es hat. Ein Roman mit sieben Bänden wird es füllen, so lang wird ihre Reise sein. Es mag wie ein Porno erscheinen, zumindest zunächst, aber das ist es nicht. Es ist nur sexuell. Wer behält schon einen klaren Blick, wird es sexuell?

In Wahrheit verschiebt sich etwas in Abby. Ganz langsam fängt es an. Abbys Sexualität entwickelt sich und das ist ein heißer Prozess. In Abbys Fall sehr heiß. Fast verbrennen wird sie, denn Abby ist extrem.

Aber bis dahin ... sind es noch viele Zeilen hin. Wir sind noch vor dem ersten Band, noch liegt Abby am Strand.

Nutze dieses schlanke Büchlein als Gelegenheit Abby kennen zu lernen. Schaue auch, ob der Stil, mit dem ich schreibe, etwas für dich ist. Das mag nicht jeder. Das kann nicht jeder. Aber, wenn dir Abby am Vorabend gefällt, dann wird sie dir auch die nächsten Wochen gefallen, also in Band 1, 2 und so fort. Dann wirst du diese spezielle Form der Hitze lieben, die Abby umgibt, dann wirst du dabeibleiben wollen, ganz bestimmt. Es macht süchtig, denn noch nie hat ein Buch eine junge Frau so nah und detailliert begleitet auf ihrem Weg in die Sexualität. Komm mit, lies weiter, wenn du dich traust, und tauche ein. Es beginnt hier, am Vorabend am Strand. Abbys Weg ist weit und steil und vor allem ist er heiß.

Sonntag 4. Juni

Strand, Cloudy Bay 16:11

Der Sand hat sie geweckt. Nass, kühl und schwer ist eine Handvoll auf Abbys Fuß gefallen und sie ist aufgeschreckt. Laut tost die Brandung; das Meer überschlägt sich dreißig Meter weiter vorn unüberhörbar. Abby öffnet die Augen. Ihr Handtuch liegt unscharf vor ihren Augen in Orange und Rot ganz nah.

Am Strand. Sie liegt am Strand, wird ihr klar. Tief geschlafen hat sie, ist benommen zwei Atemzüge lang. Sie hebt und dreht den Kopf und Ted sitzt schräg hinter ihr. Er wirft Sand von der einen in die andere Hand. „Sorry, wollte dich nicht treffen", spricht er und macht ein schuldbewusstes Gesicht. Abby lächelt und glaubt ihm nicht. Ihm ist langweilig. Es ist nicht zu übersehen und bestimmt hat er es mit Absicht gemacht, ahnt sie, weiß sie, sagt nichts, lächelt nur. Er nimmt neuen Sand, wirft ihn hin und her von Hand zu Hand.

Abby richtet sich auf und streicht Sandkörner von ihrem Bein. Sie ist nackt. Beide sind sie nackt. Nach Mittag sind sie ans Meer gefahren, an die Cloudy Bay, die große Bucht weitab der Stadt. Am Parkplatz sind sie links gegangen, den weiten Naturstrand entlang, dort wo nur ganz wenige Menschen liegen, ganz weit verteilt in dem hunderte Meter breiten Sandstrand. FKK. Inoffiziell. Es ist nicht erlaubt, aber niemand nimmt hier Anstoß daran.

Wind weht und Abby streicht Haar aus ihrem Gesicht. Es ist lang, dunkelblond und tanzt in der Luft, schon verdeckt eine Haarsträhne ihre Augen wieder. Die Brandung tobt und die Luft schmeckt nach Salz. Vorsaison. Gestern war Sturm. Abby dreht sich im Sitzen zu ihrem Freund und hält das Haar zurück mit schlanker Hand.

Ted. Gut sieht er aus. Groß, fast muskulös, dunkle Haare, stahlblaue Augen, ein diebisches Lächeln spielt wie so oft um seinen Mund. Abby lächelt ihn an. Gelangweilt blickt er. Ein bisschen trotzig auch, fällt ihr auf und dann fällt ihr ein warum. „Immer das Gleiche", denkt sie und schmunzelt. Sie drückt den Rücken durch. Wirbel knacken. Schief gelegen hat sie auf dem Tuch. Sand kann so hart sein. Mit den Händen reibt sie ihren schlanken Leib an den Flanken entlang hinauf, schaut an Ted vorbei und streicht wieder hinab über ihre winzigen Brüste, hält sie vorgestreckt. Es ist Provokation. Ein wenig, nur ein wenig provoziert sie.

Ihre Haut ist warm und weich. Braun ist Abby schon und es ist Juni! Sie findet Teds Blick. Er wirft Sand hin und her, ohne hinzuschauen, noch immer, nimmt neuen auf vom Boden, wenn nichts mehr zu werfen ist. „Bist du noch böse?", fragt sie und bemüht sich, aber es gelingt nicht: Das Grinsen kann sie nicht unterdrücken. Er übersieht es geflissentlich. „Was? Warum?", tut er unwissend mit betont undurchdringlicher Miene. Er blinzelt, denn sie sitzt im Gegenlicht. Sie hält den Kopf geneigt, hebt eine Augenbraue. Er weiß, was sie meint. Sein Blick weicht nicht aus. „Du bist halt kindisch", stöhnt er und grinst für einen winzigen Moment. „Ich bin 19, ich darf kindisch sein", lacht sie, hebt kurz ihren kleinen, nackten Hintern vom Tuch und setzt sich bequemer. Eine Haarsträhne peitscht über ihr Gesicht. Salz schimmert in weißen Schlieren auf ihrer Haut.

„Du bist prüde", erwidert er, wirft den Sand aus seinen Händen, klatscht sie sauber. Die Körner spratzen in alle Richtungen. Sie stutzt. Sie will nicht prüde sein. Ihr Herz sinkt. „Nein, bin ich nicht", widerspricht sie, ist trotzig. Jetzt ist es er der grinst. „Nein, nein, bist du nicht. Du bist nicht prüde", beruhigt er sie, lächelt und neigt sich nach links, sucht in ihren Sachen.

„Prüde" hallt nach in ihr. Wieder schiebt sie die Haarsträhne zurück gegen den Wind. Sie setzt an, spricht nicht, dann doch: „Das nächste Mal. Dann gehen wir oben in die Dünen, dann darfst du mich ficken", überwindet sie eine Hemmung und sucht seinen Blick. Er hat Zigaretten und Feuerzeug gefunden. „Ja?", fragt er skeptisch, zieht zwei Zigaretten aus der Packung und schaut Abby an. „Ja. Darfst du", lächelt sie und weiß nicht Recht. Es fühlt sich nach Fehler an. Ihre Hände streichen über ihre Oberschenkel vor und zurück. Abby ist heiß. Auf einmal ist ihr heiß. „Wirklich?", fragt er nach, hält den Kopf schräg. Er dreht die Zigarettenpackung in seiner Hand. „Ja, wirklich, du darfst mich oben in den Dünen ficken", antwortet sie, verschluckt fast das Wort mit „f". Irgendetwas ist noch immer nicht richtig und drückt in ihrem Bauch. „Mehrfach? Voll rein?", provoziert er und sie verdreht die Augen und nickt. „Ja, mehrfach voll rein", stimmt sie zu und gackert. Ihr Lachen rüttelt das ungute Gefühl fort.

Er hält seinen Arm ausgestreckt, bietet ihr seine Hand. „Deal? Nächstes Mal in den Dünen, so oft ich will?", fragt er provozierend mit Steigerung. Sie schlägt ein, schaut ihn nicht an und schüttelt den Kopf dazu. „Deal", sagt sie nur und besiegelt so ihr Schicksal demnächst in den Dünen. Er grinst und lässt ihre Hand los. Sie hebt ihren Hintern, krabbelt wie eine dürre, nackte Spinne neben ihn und setzt sich. Jetzt blicken beide Richtung Meer. Er reicht ihr eine Zigarette und gibt Feuer. Ihre Hand legt sie auf seinen Oberschenkel und er die seinige auf ihren. Sie wechseln einen Kuss.

Die Sonne steht tief und ihre Strahlen trifft beide frontal. Sie blinzeln und rauchen in Richtung der Wellen. Irgendwo schreit eine Möwe und Abby dreht den Kopf nach hinten zu den Dünen, betrachtet die Szenerie. Den ganzen Strand entlang, etwa hundertfünfzig Meter entfernt, sind Dünen aufgeweht, werfen lange Schatten schon. Langhalmiges Gras bewegt sich im Wind, hält den Sand fixiert. Felsen sind von Dünen halb verschüttet. Es sieht malerisch aus. Am Strand, der flachen Ebene, sind nur wenige Menschen zu sehen, liegen alleine oder zu zweit in weiten Abständen verteilt. Abby zählt zehn Personen, oder Paare, aber wirklich bis ganz links bis zum Horizont gezählt.

Winzige Brandungsspritzer, erreichen sie auch hier, dreißig Meter vom Wasser entfernt, scheint es ihr. Die Windrichtung stimmt, könnte sein. Ted beobachtet sie, schaut sie an von der Seite und sie spürt seinen Blick.

„Zählst du die Leute?", fragt er und sie nickt. Wieder schreit die unbekannte Möwe. Abby zieht an ihrer Zigarette, schaut nicht zu Ted, sondern ins gleißende Meer und streicht mit dem Daumen über ihr Brust. Die Brustwarze springt unter dem Finger. Ted zieht seine Hand in Richtung ihrer Scham, findet ihren Schlitz und führt einen Finger vor die kleine, heiße, feuchte Pforte, hält ihn dort. Sofort schießt Abby das Blut in den Kopf. Sie zuckt. „Stillhalten!", fordert er nur und sie gehorcht, hält still. Mehr als das: Sie spannt an und sitzt im Hohlkreuz jetzt. Sein Finger krault in ihrer Nässe. Er lässt es flackern über ihrem Loch und es flackert in ihr. So kann sie nicht atmen, starrt mit angehaltenem Atem über den Strand. „Sieht kein Mensch", kommentiert Ted, zieht Finger und Hand aus ihrem Schoß, hält ihr den nassen Finger vor die Lippen. Jetzt kann sie atmen wieder und lässt hörbar die Luft aus ihren Lungen. Sie betrachtet seinen Finger. Die Fingerkuppe glänzt. Einmal atmet sie ein und aus, das Blut rast in ihr noch immer. So kurz das war das Kraulen dort unten, ganz weit oben ist ihr Puls. Sie öffnet den Mund und nimmt seinen Finger zwischen die Lippen. Sie saugt und leckt bei gekniffenen Lippen. Soll sie so. Machen sie immer so. Hat er sich irgendwann so gewünscht von ihr. Salzig. Salzig schmeckt ihr Saft. „Braves Fötzchen", kommentiert Ted und sie protestiert nicht, diesmal nicht. Zu sehr rast das Blut in ihr. Außerdem sind sie allein und niemand hört es. „Da ist es egal, wie er mich nennt", sagt sie sich und ihre Erregung vergeht.

Sie rauchen.

Sie sollte sich zwischen seine Beine legen, hat er so verlangt. Hat sie auch gemacht. Abby ist klar, dass sie hier am Strand keine Chance hat. Sie ist nackt und das turnt ihn an. Warum auch nicht?

Es ist nett, es ist gemeinsam und sie sind allein. Ein Sonntagnachmittag.

Also erfüllt sie, was er von ihr will, hat sich auf den Rücken gelegt, wie verlangt, flach hin, ihren Kopf an seinen Schwanz. Der liegt jetzt irgendwo in ihrem Haar und Teds Oberschenkel schmiegen sich an ihre Arme und ihren Leib. Außerdem sollte sie die Beine spreizen, damit Sonne an ihre Muschi kommt, hat er weiter gefordert. „Es soll dir reinscheinen", hat er gesagt und sie hat gelacht, sich umgeschaut, ob jemand in Blickweite ist, der das sehen kann, oder nahe ist, oder näherkommt. Da war niemand, also hat sie mitgespielt, sich hingelegt und nun weht der Wind durch ihren Schlitz. Es ist wie Magie: Ihre Haut ist warm, ihr Schlitz ist kalt. Verdunstungskälte. Die kleine, schmale rosa Rinne zwischen ihren Schamlippen, trocknet nicht aus, egal wie sehr der Wind weht und er weht genau hindurch durch die Feuchte, wird erst abgebremst durch den schmalen Streifen Schamhaar oberhalb ihrer Scham, dem „Landestreifen", wie ihn Ted immer nennt und ständig dran zieht. Er zupft daran und neckt sie. Da hat er Spaß an ihr.

Um ihren Schlitz ist es blank und glatt. Einmal hatte sie sich rasiert, es war eine spontane Idee im Bad und seitdem muss sie immer. Blitzblank soll es sein. Kein Haar darf dort sein. „Ich will unbedingt das Jungloch ficken", hatte Ted beharrt. Er hatte wirklich „Jungloch" gesagt und Abby hatte heftig protestiert. Er hatte ihr erklärt, wie er das meint, dass diese blanke Rinne so glatt geputzt besonders zum Rammeln einläd, - er hatte „Rammeln" gesagt - und daher muss sie sie blank und glatt halten für ihn seitdem. Natürlich auch für sich. Glatt ist schon geil, sieht sie ein mittlerweile.

Der „Landestreifen" kurz geschorenen Schamhaars ist der Kompromiss. Den darf sie stehen lassen. Aber sie muss sich rasieren jeden Tag, rasieren und stutzen. Macht sie auch. Behauptet sie. In Wahrheit mogelt sie und rasiert nur alle drei Tage und er bemerkt es nicht. Völlig egal.

Abby schließt die Augen und genießt den Wind auf ihrer Haut. Ted krault ihr Haar. „Todd wollte später noch vorbeikommen", erklärt er und schaut auf das Meer. „Ah, okay", antwortet sie, hebt die Arme, verschränkt sie über ihrem Gesicht und beschattet es so, da trotz geschlossener Lider Sonnenlicht in die Augen dringt. „Und wir müssen noch einkaufen", brummt er. Und sie gibt noch ein „okay" zurück.

Die Luft ist lau, die Sonne scheint auf ihre Haut und auf ihren Schlitz. Das ist schön. Ted streichelt ihren Hals und schaut an ihrem schlanken Leib herab. Wohin auch sonst? Hier ist nichts außer Sand und Meer und Himmel und Sonne - und Abby. Konturen der Rippen zeichnen sich ab unter ihrer Haut. Ihre Beine liegen lang und sehnig halbbreit und ihm gefällt, was er sieht.

„Leg mal die Arme hinter mich", bittet er warm. „Was?", fragt sie, versteht nicht, war fast eingedöst, öffnet die Augen und schaut an ihren verschränkten Armen vorbei zu ihm senkrecht hinauf. Er führt ihre Arme mit beiden Händen nach hinten um seinen Leib. Sie lässt es geschehen, ist geblendet jetzt, blinzelt und schließt ihre Augen. „Sieht geil aus, wenn du gestreckt bist", kommentiert er und sie grinst. Er legt seine Hände auf ihre Brüste, bewegt sie aber nicht. „Ja?" „Ja, total geil!" „Gestreckt und mit breiten Beinen soll ich sein?", fragt sie und bemerkt ein Sirren. Etwas sirrt in ihr. Das ist neu. Das kennt sie nicht. Es ist wie ein Ton, ein feiner Strom. „Ja, genau", spricht er und nickt und sie fühlt seine Hände auf ihren Brüsten. Das Sirren bleibt ganz fein. Es stört nicht, im Gegenteil. Es vergeht auch nicht, es …

„Was ist so gut daran so zu liegen?", fragt sie und weiß wirklich nicht, was daran gut sein soll und ist von dem Sirren irritiert. „Na, man kann dir in dein Loch schauen, das ist gut. Es ist gut, wenn die Leute vorbeigehen und dir voll draufgucken", spricht er und sie lacht und das Sirren wird lauter in ihr. Sie will die Beine schließen. Es ist ein Reflex. Sie weiß, dass dort niemand ist. Der Strand ist leer. Niemand schaut ihr auf den Schlitz. Trotzdem: Kurz kippen ihre Knie nach innen, dann aber hebt sie die Fersen und stellt die Beine auf, aber weiter gespreizt als zuvor. Das Sirren wird lauter in ihr. „Besser so?", fragt sie mit Kloß im Hals. Etwas schnürt ihr die Luft ab. „Die Beine weit und die Knie runter", fordert er und sie probiert, lässt die Knie herab und schiebt die Beine auseinander, so weit sie kann. Längst drücken sich ihre Waden neben dem Handtuch im Sand, so weit gespreizt sind sie. Ted betrachtet die Szene. Über hundert Grad gespreizt liegt sie jetzt. Absurd sieht es aus. Wie eine Kimme, eine Kerbe, erscheint ihm ihr Schlitz aus seiner Perspektive. „Ja, so sonnst du dein Loch, sehr schön", spricht er und nickt zufrieden. Das Sirren in ihr übertönt alles. Nur vage hört sie seine Stimme noch. „Ja, so sonne ich mein Loch", fordert er. „So legst du dich ab jetzt immer an den Strand, okay? Immer schön Beine breit", fragt-fordert er und streicht ihr über die Stirn. Er lächelt sie an, ihr Kopf zittert und sie hält ihre Augenlider sind geschlossen. Schön ist es. In ihr rauscht das Blut. Klarer Saft schwillt aus ihrem Schlitz, sickert glänzend über ihren Damm und die Möwen schreien. Sie bemerkt nichts davon.

Minuten vergehen und sie unterhalten sich. Dann und wann streicht er mit den Händen von ihrem Hals zu ihren Brüsten und zurück. Sie lachen, denn er macht einen Witz. „So schön liegen bleiben. Da kommt jemand", kündigt er an und krault in ihrem Haar zwischen seinen Beinen. „Was?", horcht sie auf, will den Kopf heben, doch Ted lässt es nicht zu, drückt ihren Kopf zart wieder zurück. „Da kommt ein Mann den Strand entlang. Keine Panik. Bleib einfach so", spricht er ruhig. Abby schaut von unten zu Ted hinauf. Kurz wechseln sie einen Blick. Er grinst und seine Zunge spielt in seinem Mundwinkel. „Einfach so liegen bleiben und dir ins Loch gucken lassen", raunt er. Ihre Neugierde ist unerträglich, das Entsetzen auch. Abby, hebt den Kopf doch. Tatsächlich: Etwa hundert Meter entfernt nähert sich ein angezogener Mann. Angezogen fällt auf hier an diesem Strand. Er geht barfuß über den festen nassen Sand an der Brandungskante entlang und trägt schwer an einer großen Tasche. Er ist Silhouette, läuft im Gegenlicht. Abby senkt den Kopf wieder ab. „Schaffst du das so? Es ist ganz harmlos, du liegst hier nur so herum", fragt Ted und krault in ihrem Haar. Wie beiläufig schaut er zu dem Mann und blinzelt. Abby betrachtet Teds Gesicht von unten. Das Kinn scheint übergroß.

„Muss das sein?", haucht sie und schluckt. Widerstand baut sich auf in ihr. „Ich fände es gut, wenn du es schaffst und so liegen bleibst mit offenem Loch", erwidert er und streicht mit dem Daumen über ihre Stirn. „Offenes Loch", hallt es in ihr und sie fühlt sich ausgestellt. Ihr Puls schlägt schnell.

„Ja, das schaffe ich", flüstert sie gerade laut genug, dass er es verstehen kann bei dem Rauschen der Brandung. „Braves Fötzchen", spricht er, tippt mit den Fingerspitzen auf ihre Brust und lächelt sie an. Sie lächelt zurück. Das Sirren in ihr beginnt erneut, es war verstummt. Der Augenkontakt hält. Für eine halbe Sekunde springt sein Blick zu dem Mann, dann wieder zurück zu ihr. Abby liegt weiter nackt breitbeinig ausgestreckt ihr Geschlecht frei im Wind. „Gleich ist er auf unserer Höhe. Das ist dem völlig egal", murmelt Ted. Sie löst eine Hand von seinem Rücken und führt sie über ihren Bauch, legt die Hand über ihre Scham. Sie kann nicht anders. Es geht nicht. Da ist diese Spannung in ihr, es sirrt, aber sie muss sich bedecken. So zu liegen und jemand kann es sehen, sieht ihre Muschi, so, könnte es sehen voll präsentiert, das geht einfach nicht. „Ja, mach es dir, genau", flüstert Ted. Sie erschrickt und führt ihre Hand schnell an ihren alten Platz hinter seinem Rücken zurück. Sie reckt das Kinn. Die Luft weht durch ihren Schlitz wieder jetzt und Abby schaudert.

Dreißig Meter entfernt spült eine Welle über die Füße des Kommissars. Nur für einen kurzen Moment schaut er zu dem merkwürdigen Paar, dass dort liegt im Sand auf seiner Höhe. Die

Frau liegt merkwürdig, fällt ihm auf. Sie liegt im Schoß des Mannes und hält die Beine ungewöhnlich breit. Er wundert sich, dass man Beine so breit halten kann. „Bequem kann das nicht sein", denkt er. Sie ist nackt, was hier an diesem Strandabschnitt nicht ungewöhnlich ist. Er sieht ihre Scham. Die Frau ist jung, fällt ihm auf und er schaut wieder nach vorn. Es sind noch Kilometer bis nach Hause, über die Felsen geht es, dann am Leuchtturm vorbei und die Tasche wiegt schwer. Seine Schuhe baumeln daran. „Ich kehre bei Wolfgang ein", beschießt er.

Abby erkennt an Teds Blick, dass der Mann sich wieder entfernt. Ihr Sirren verfliegt und sie hebt ihren Kopf und schaut auf. „Das ist ein Polizist", spricht sie. Sie sieht den Mann von hinten, nicht mehr ganz im Gegenlicht. Er trägt ein blaues Hemd und blaue Hose, Teile einer Uniform, doch die Tasche passt nicht dazu.
„Ja, das habe ich auch gedacht", bestätigt Ted. Abby lässt den Kopf zurücksinken in seinen Schoß. Ihre Blicke treffen sich. „War es schlimm?", fragt er und deutet mit dem Kinn in Richtung ihrer Scham. „Nein", erwidert sie, lächelt und schüttelt den Kopf. „War es geil?", fragt er und sie lächelt breiter. „Nein", lügt sie und der Wind weht durch ihren tropfenden Schlitz.
„Ich fand es geil", gibt er zu, grinst, streckt sich und greift zur Seite in ihre Sachen. Er zieht die Zigaretten hervor. „Komm, wir rauchen noch eine, dann gehen wir", schlägt er vor.

Abby versucht es gar nicht erst, denn sie hat keine Chance. Sie steht nackt im Sand. Die Strandtasche steht zu seinen Füßen, alles ist eingepackt und Ted steigt in seine Shorts. Der Stoff flattert im Wind. Das T-Shirt hat er schon an. Er wird ihr ihre Sachen nicht geben, das weiß sie schon. Die Hotpants und ihr Shirt hat er ganz tief in die Tasche gedrückt; sie hat es gesehen. Sie muss ohne alles zurück zum Parkplatz, aber nur zwei Paare liegen weit verteilt. Das wird ihr nicht viel ausmachen. An den Parkplatz selbst, mit seinen Autos und vielleicht Passanten, denkt sie lieber nicht.
Ted schließt seine Shorts und schultert die Tasche. Abby grinst. Er ist so berechenbar. In diesen Sachen, in dieser Sache, ist er berechenbar. Immer noch weiter, noch nackter, noch frecher will er sie treiben, provoziert er sie. Und es gelingt, denn immer mehr lässt sie zu. Er findet es geil und irgendwie ist es ein Kompliment, fühlt sich warm an für sie.
„Na komm du nacktes Fötzchen", spricht er prompt und streckt seine Hand nach der ihrigen aus. Sie schmunzelt und legt die ihre in die seinige hinein. Sie gehen los. „Fötzchen", provoziert er. „Ja?", fragt sie zurück. „Hey, du hast drauf reagiert!", gackert er.

Sie hält eine Haarsträhne zurück, die der Wind wild tanzen lässt. „Wenn wir alleine sind, macht es mir nichts aus", erklärt sie und lächelt. „Ach so!", lacht er. Sie schauen einander an, bleiben stehen und wechseln einen Kuss. Er zupft an ihrem Schamhaar und ihre Haut ist aufgeheizt von der Sonne des Nachtmittags. Noch ein Kuss wechseln sie, denn was er da tut ist schön.

„Fötzchen, Fötzchen, Fötzchen", neckt er flüsternd und grinst. Abby kichert. Er zieht sie an ihrem Schamhaar heran und sie schmiegt sich an ihn nackt und warm. Noch ein Kuss. Er beugt sich tief, muss, denn Abby ist kleiner als er, müsste sich auf die Zehenspitzen stellen für ihn.

Sie gehen weiter, Hand in Hand. Die Seeluft spielt auf ihrer Haut.

Der Asphalt des Parkplatzes ist angenehm warm. Die Sonne steht tief. Hier ist diese Asphaltfläche mit Dünen und Büschen drumherum. Nur eine Straße geht ab von dem Parkplatz, zu den Hügeln hinauf zwischen Kiefern und Sträuchern hindurch. Bis auf die wenigen Autos liegt die Fläche verlassen da. Niemand ist zu sehen. Trotzdem zögert Abby, splitterfasernackt wie sie ist. Ted geht voraus. Sie muss an drei Autos vorbei ohne einen Faden am Leib und die Autos stehen weit gestreut. Kleine Steinchen pieken unter ihren Füßen und sie fühlt sich fünfmal so nackt wie zuvor am Strand. Ihr Herz klopft und ihr Blick springt von Auto zu Auto, doch niemand ist zu sehen. Noch ein paar Meter weit muss sie laufen, erst dort ist Teds Auto geparkt, ein orangefarbener Jeep. Der Lack ist verblichen und stumpf, der Wagen ist alt. Zwei Aufkleber kaschieren Rostflecken, von denen Ted in den ersten Tagen im Scherz behauptet hat, dass sie Einschusslöcher verdecken.

Er schließt auf und die Fahrertüre öffnet sich mit einem knarrenden Geräusch. Mit schneller Bewegung wirft er die Strandtasche über die Rückenlehne in den Font des Wagens. Türen für den Font gibt es nicht. Abby durchschaut Teds Plan, dass er es noch hinauszögern will, sie hier nackt auf dem Parkplatz stehen lassen will, bis Passanten kommen und es für sie peinlich wird. Aber Abby ist schnell: Bevor er reagieren kann, ist sie an ihm vorbei und krabbelt wie eine schnelle Spinne auf der Flucht über den Fahrersitz, zwischen den Sitzen hindurch. Auf dem Rücksitz öffnet sie die Tasche mit Triumph im Blick und sucht ihre Hotpants und Top heraus. Ted gib sich geschlagen, lacht und steigt ein.

Drei Mal gibt es ein summendes, unangenehmes Geräusch. Der Anlasser ... Erst dann springt der Wagen an. Es ist heiß im Inneren. Abby schwitzt bereits, als sie mit Verrenkungen auf dem engen Rücksitz in die Hotpants einsteigt.

Bad, Teds Wohnung, Außenstadt, Port Kishon 19:02

Sand rieselt aus Abbys Hotpants. Es ist nicht viel, nur gut zu sehen, auf den weißen Fliesen. Das Bad ist klein, aber hell. Es gibt kein Fenster, nur Deckenlicht. Weiße Fliesen, Toilette, Badewanne, Duschvorhang, ein Waschbecken. Ein Spiegel hängt darüber mit Ablage darunter. Einfach aber gut. Ein Unterschrank, den keiner benutzt, steht da unter dem Waschbecken und ein Regal an der Wand mit Krimskrams und Handtüchern darin.

Abby weiß nicht wohin mit ihren Sachen und legt sie auf den Boden. Hotpants, Slip, das Tanktop. Sie ist nackt. Neunzehn Jahre, schlank, dunkelblondes, halblanges Haar, grüngraue Augen, hübsches Gesicht. Sie betrachtet sich im Spiegel. Das Licht ist brutal, aber sie gefällt sich. „Das war ein guter Tag. Ein schöner Tag mit Ted war das", freut sie sich, denkt an den Strand, wuschelt einmal durch ihr Haar und streckt sich. Ihr Haar ist stumpf vor Salz. Auf Zehenspitzen steht sie für einen Moment schlank und rank. Kaum Brust. Rosa Knospen und darunter Cup A springen im Badezimmerspiegel in ihren Blick. Sie streicht den Gedanken weg, denn er ist unangenehm. Cup A ... das ist nichts. Ja, sie hat keine Titten, fast keine. Vielleicht wird es ja noch. Mit neunzehn ...

Da sind Geräusche vor der Türe. Jemand geht vorbei. Nein, zwei, zwei gehen vorbei. „Hey Abby!", hört sie dumpf eine Stimme und stutzt. Das war Todd, wird ihr klar. Hatte Ted ja gesagt, dass sein Kumpel kommt auf ein Bier, erinnert sie sich. „Hey Todd!", ruft sie zurück durch die Türe und lächelt. Todd ist nett. Todd ist ein Bär. Groß, zwei Köpfe größer als sie, größer als Ted und breiter auch. Und langsamer. Aber nur in den Bewegungen, nicht im Kopf. „Ein Bär", flüstert sie. Ihr Gedanke springt von Todd zu Ted und sie schiebt den Duschvorhang zur Seite.

Ein Bein hebt sie über den Wannenrand, nimmt den Duschkopf auf und stellt die Wassertemperatur ein. Zunächst kalt, dann zu heiß, dann lau fließt das Wasser über ihre Wade und ihren Fuß. Ihre Füße werden nass, stehen in einer Pfütze jetzt im Wannenboden. Sie stellt das Wasser wieder ab, steigt aus der Wanne und setzt sich auf das Klo. Es dauert einen Moment. Sie fährt mit den Zehen über die Fliesen und hinterlässt mit den Zehen Wasserspuren, malt mit dem dicken Zeh. Endlich fließt es und sie pinkelt. „Klopapier fehlt", merkt sie sich. Im Regal steht keines mehr. Sie steht auf und steigt in die Wanne.

Flur, Teds Wohnung, Außenstadt, Port Kishon 19:03

„Heyhey, begrüßt Ted seinen Kumpel Todd und sie klatschen einander ab. Todd tritt durch die Wohnungstüre und beide stehen im Flur. Der Raum ist klein und düster. Zu klein für die beiden großen Männer. Eine Energiesparlampe beleuchtet mager eine wilde Szene. Überall liegen Sachen herum. Auf dem Boden in halber Ordnung ein Feld aus Schuhen, die halbvolle Strandtasche steht eingebettet in Textilien. Es sind Abbys Sachen. Jacken hängen übereinander an der Wand.

Ted geht vor. Er geht zur Küche. Todd folgt. „Abby duscht", erklärt Ted im Vorbeigehen und zeigt mit der Hand zur geschlossenen Badezimmertüre. „Hey Abby!", ruft Todd. „Hey Todd!", ruft Abby durch die Türe zurück.

Der Grundriss der Wohnung ist ungewöhnlich, denn das Bad öffnet zur Küche. Tritt man aus dem Bad, schaut man auf eine Küchenzeile. Sie ist halbwegs aufgeräumt. Ein paar abgespülte Teller und zwei Gläser stehen herum. Um die Ecke öffnet sich der Raum und dort steht ein großer, schweren Tisch. Der Esstisch. Dahinter, brusthoch abgetrennt, liegt das Wohnzimmer, das kein Zimmer ist. Es ist ein offener Raum. Das Sofa ist ausgerichtet auf einen Fernseher. Einen Balkon gibt es auch.

Ted reicht Todd ein Bier, nimmt sich selbst eines, wirft die Kühlschranktüre zu und kontrolliert Backofen. Drei Lasagne-Packungen tauen dort. Er schaltet den Backofen an und beide Männer gehen auf den Balkon.

Sie stoßen miteinander an. Kalte Glasflaschen klirren und Todd bietet Ted eine Zigarette an. Der Balkon ist groß genug, vier Meter lang und ein kleiner Tisch mit einem Marmeladenglas als Aschenbecher und zwei Stühlen steht in der von der Tür abgewandten Ecke.

„Was macht die Jobsuche?", fragt Todd und Ted legt den Kopf in den Nacken und blickt über die Balkonbrüstung auf die anderen Häuser zwanzig Meter entfernt. Die Sonne ist untergegangen, aber der Himmel leuchtet noch. Die Dämmerung beginnt. Es ist warm. „Ach, hör mir auf", antwortet Ted endlich, zieht an der Zigarette und zuckt mit der Schulter. Er ascht über die Brüstung ins Nichts, obwohl noch nichts abzuaschen ist. Todd, wie Ted in T-Shirt, Shorts und Turnschuhen, schaut auf seinen Freund, betrachtet ihn einen Moment. „Nix?", fragt Todd und Ted zieht wieder die Schultern, schüttelt aber den Kopf. „Wir waren heute am Strand", wechselt er das Thema und fährt mit der Hand durch sein Haar. Er zieht an der Zigarette. „Da kannst du doch noch nicht ins Wasser gehen!", merkt Todd auf und Ted stimmt zu: „Hölle kalt. Aber nur das Wasser. Luft merkst du ja", spricht er, dreht sich und lehnt sich mit dem Hintern an die Brüstung des Balkons.

Eine Pause entsteht. Todd setzt sich auf einen der Kunststoffstühle. Der Stuhl wackelt bedenklich unter seinem Gewicht. Todd ist nicht dick, aber er ist groß und hat ein breites Kreuz.

„Wie läuft es mit Abby?", fragt er und ascht in das mit Kippen halb gefüllt Marmeladenglas. Ted grinst, dann lacht er. Ein Blick wird gewechselt, aber Ted spricht nicht, reibt nur mit der Hand in seinem Nacken. „Jetzt sag mal, wie läufts denn?", fragt Todd. Er ist neugierig. Das Schweigen des Freundes nervt ihn. Immer schweigt er über Abby. Alles ist nur „gut" oder „läuft". Nie erzählt er irgendetwas.

Und wieder: „Gut, gut", antwortet Ted nur, nickt dazu und zieht an der Zigarette. Todd verdreht die Augen. „Boh, eh die wohnt doch hier. Jetzt sag mal du Arsch. Wie läufts?", beharrt Todd und verdreht die Augen dazu.

Ted schnalzt mit der Zunge. Seine Augen leuchten und er grinst. „Neidisch?", fragt er und betrachtet seinen Freund. Todd drückt den Rücken durch, lässt einmal den Kopf kullern in den Nacken gelegt. „Und wie! Weißt du doch!", gibt er zu und grinst. Ted antwortet nicht, hält ihm nur seine halbvolle Bierflasche entgegen. Glas klirrt, sie stoßen an.

„Natürlich bin ich neidisch!", grunzt Todd. „Neidisch, neidisch, neidisch, geiles Weib, eh Hölle!", spricht er überlaut, meint Abby und tritt mit dem Fuß auf. Schnell blickt er durch die Fensterscheibe nach innen in die Küche. Keine Gefahr! Die Badezimmertüre ist geschlossen. Abby duscht noch, konnte es nicht hören.

Beide Männer grinsen einander an. Bier tropft aus Todds Flasche. Es schäumt und quillt über. Er stellt die Flasche auf das Tischchen und zieht an der Zigarette. Teds Zunge spielt in seinem Mundwinkel und sein Blick liegt auf Todd.

„Meine Zeit kommt auch noch mit den Weibern, das wird, warte ab", nickt Todd, schluckt einmal, nimmt die tropfende Flasche auf und trinkt am Bier. „Geschmeidig", reagiert Ted nur. „Was geschmeidig?", „Sie ist geschmeidig", spricht Ted.

„Was ist denn geschmeidig?", fragt Todd, runzelt die Stirn und lehnt sich im Stuhl zurück. Ted grinst. Er öffnet den Mund, schließt ihn wieder und spricht dann doch. „Willst du mal sehen?", fragt er und sie schauen einander an. „Was sehen?", fragt Todd. „Wie geschmeidig sie ist", spricht Ted, lächelt breit und stößt sich von der Balkonbrüstung ab.

Ted wartet die Antwort seines Freundes nicht ab. Er verlässt den Balkon, durchquert die Küche. Kurz lauscht er an der Türe zum Bad. Es rauscht. Abby duscht und er geht hinein. Abby ist hinter dem Duschvorhang. „Muss nur was holen", ruft Ted gegen das Plätschern an, bevor Abby etwas sagen kann. Er ist schnell. Es ist auch einfach: Abbys Sachen liegen auf dem Boden. Es ist nur ein Griff. Und dann noch ein Griff und noch ein großer Griff zum Stapel der Handtücher im Regal, eine Drehung um die eigene Achse und er ist wieder zur Türe heraus.

Bad, Teds Wohnung, Außenstadt, Port Kishon 19:18

Abby stellt das Wasser ab. Der Wasserstrahl versiegt und sie sucht das Handtuch. Es ist fort, einfach verschwunden. Weder ist es dort, wo sie es hingelegt hat, noch ist es herabgefallen. Ihr Blick geht zum Regal. Alle Handtücher sind herausgenommen. Da ist eine breite Lücke, wo der Vorrat frischer Handtücher lag. Auch ihre Sachen sind fort, bemerkt sie. Hotpants und Top liegen nicht mehr auf dem Boden, wo sie es hingelegt hat.

Noch in der Badewanne stehend mit Wasser in den Augen beginnt Abby zu lachen. Im ganzen Raum – er ist wahrlich überschaubar – ist kein Stück Textil. Nichts womit man sich abtrocknen könnte, nicht einmal ein Waschlappen liegt irgendwo. Triefnass steigt sie aus der Wanne. Die Fliesen unter ihren nackten Füßen sind glatt. Abby kichert und versteht, dass sie nicht nur nichts zum Abtrocknen, sondern auch nichts zum Bedecken hat. Sie wird nackt durch die Türe treten müssen und genau das ist Teds Plan, ist ihr klar. Sie schüttelt den Kopf und ist amüsiert. Das ist ein Streich. „Nicht schlecht gemacht", findet sie, schaut sich noch einmal um, ob nicht doch irgendwo ..., aber sie will auch nicht Spielverderberin sein, also öffnet sie, so wie sie ist, nass und nackt, die Türe.

Dass sie den Duschvorhang nehmen könnte, dass es nur zwei, drei Griffe wären, und sie hätte eine Verkleidung als Bekleidung, daran denkt sie nicht. Zu abwegig ist das und etwas sirrt in ihr. Da ist so ein feines Gefühl, dass Abby elektrisiert.

Natürlich! Abby war es klar. Es war ihr vollkommen klar: Sie steht in der Badezimmertüre und Ted und Todd warten an der Küchenzeile und schauen sie an. Wassertropfen überall auf ihrer Haut. Eine Hand hält sie vor ihrer Scham, steht ein wenig geknickt, lacht und nasses Haar pendelt neben ihrem Gesicht. „Todd, es ist nur Todd", sagt sie sich. Bei Todd macht es ihr nicht so viel aus. Trotzdem ... Es sirrt.

Ted grinst breit. Abby nimmt Anlauf. Ihr Blick springt hin und her zwischen den beiden Männern. Ihr Freund hat Spaß, er grinst und wartet ab, was ihr einfällt zur Situation. Todds Lächeln ist dünn. Schnell trinkt er an seinem Bier und schaut von Abby weg hin zu Ted.

Abby spricht nicht, sondern entscheidet anders. Alles was sie sagen könnte, klänge jämmerlich. Also lässt sie es und flitzt nackt und blank Richtung Flur. Die Männer schauen ihr hinterher und schon ist sie um die Ecke. Sie schlägt auf den Lichtschalter. Trübe leuchtet die Energiesparlampe, hat noch keine Kraft. Die Jacken sind weg. Die Wand ist leer. Ted hat alles abgeräumt. Auf dem Boden nur Schuhe, kein Textil, keine Jacke, keine Tasche, nichts ihrer Sachen. Nur die Schuhe stehen da und liegen da in wilder Ordnung herum. Aber Schuhe helfen ihr nicht.

Abby schmunzelt. Sie weiß, dass es sinnlos ist, trotzdem probiert sie es und drückt die Klinke der Schlafzimmertüre. Abgeschlossen. Sie kichert unhörbar, löscht das Licht und geht langsam, noch immer nass und nackt zu den Jungs in der Küche zurück. Sie hält eine Hand vor ihre Scham, obwohl ihr das dumm vorkommt. Sie muss einfach, muss sich bedecken, fühlt sich unglaublich nackt, hebt jetzt sogar einen Unterarm vor ihre Brüste.

Abby bleibt stehen vor Ted und Todd. Sie schaut zu ihnen auf. Beide sind an die Küchenzeile gelehnt, tun ultracool und grinsen. Todd gluckst. Schon halb getrocknet ist Abbys Haut.

„Wie alt seid ihr eigentlich?", fragt sie betont genervt. Nicht all ihre Belustigung kann sie verbergen. Ein Grinsen bleibt. Entrüstung gelingt ihr nicht. Sie schaut zu ihrem Freund, dann zu Todd. „Seine Idee", spricht der und klagt seinen Freund an mit der Bierflasche in der Hand. „Das ist mir klar", erwidert Abby und lächelt dünn.

„Wieso denn? Ich find dich super so", erklärt Ted und blickt freundlich zu ihr. „Na, das freut mich ja", reagiert Abby. Es klingt schnippisch. Soll es auch. Sie muss den Arm wieder heben und um ihren Brustkorb legen. Abgesunken war er. Sie spürt ihre festen Tittchen hinter dem Oberarm. Es fühlt sich bescheuert an hier so zu stehen mit der Hand vor der Scham auf halbem Weg zwischen Küchenzeile und Tisch.

„Ist großartig ein nacktes Mädchen hier herumlaufen zu haben. Sieht großartig aus. Ich bin dafür. Oder Todd?", fragt Ted seinen Freund seelenruhig und trinkt an seinem Bier. Der lacht und schaut zwischen Ted und Abby hin und her. „Na ja..", beginnt er und lacht breiter jetzt. „Na, komm ist doch geil, wie die da steht. Gib es zu!", fordert Ted und Todd betrachtet Abby, die verkrampft und zwei Köpfe kleiner vor ihm steht. Ihr Haar ist nass und schwer, liegt in verklebt-nassen Strähnen über ihrem Hals und ihrer Schultern. Todd schluckt. Abby ist so klein und schlank und blank und schaut ihn abwartend an. Ein Lächeln wächst in seinem Gesicht. Abby wartet auf ihn, er kann es sehen. Ihr Blick sucht bei ihm. „Es ist mega. Megaheiß", spricht er nur, rückt Hin und Her vor der Arbeitsplatte und nippt grinsend an seinem Bier.

„Ja, oder?", hakt Ted nach. „Megaheiß", wiederholt Todd, macht eine wegwerfende Bewegung mit dem freien Arm und blickt gackernd Richtung Balkon. Mit Daumen und Zeigefinger presst er seine Nasenwurzel, vertreibt sein Lachen so.

Abby will etwas erwidern, doch sie zögert mit offenem Mund. Etwas in ihr springt an, hebt sie an.

„Nimm mal die Hände weg, das ist doch total bescheuert. Zeig dich mal", fordert Ted, hält seinen Kopf schräg und schaut sie an. Abby will antworten, weiß aber nicht was. Sie kann die Hände nicht wegnehmen, muss ihre Blöße bedecken, muss einfach, auch wenn und weil Todd sie jetzt wieder anschaut. Sie kann es spüren, schaut zu Ted. Sie spürt die Blicke beider Männer auf ihrer Haut. Verdampft ist das Wasser, so heiß ist ihr. „Na komm, leg die Hände auf den Kopf. Zeig Todd deine Tittchen, deinen Schlitz und deinen hübschen Arsch", verlangt Ted warm.

Teds stahlblaue Augen, sein schwarzes Haar sieht sie noch, dann flackert es, und sie hebt sie ihre Arme über den Kopf, legt die Hände auf ihr nasses Haar. Ganz automatisch geht es. Sie tut nichts dazu und steht frei und nackt - ausgestellt. Es sirrt in ihr und kribbelt. Ihr ist heiß. Ted lächelt breit.

„Geil die Stute, oder?", wendet sich Ted an Todd. Der schaut an Abby herab, spricht aber nicht. Er sieht, wie Abby mit ihrem Atem kämpft. Kurz flackert ihr Blick, hält die Hände aber weiter über ihrem Kopf. Wie schlanke Hügel, stehen ihre Tittchen vor in dieser gestreckten Position, sind nur winzige Wölbungen vor ihrem harten, schlanken Leib. Das Schamhaar, nur ein kleiner Streifen kurzgehalten, fällt Todd auf, blickt dann schnell nach unten ihre Beine entlang. Lange, schlanke, nackte Beine. Die Oberschenkel liegen nicht aneinander an, berühren sich nicht. Zwischen Abbys Beinen ist ein Spalt.

„Das Geilste ist ihr Fötzchen. Siehst du diesen winzigen Schlitz, es ist einfach nur ein schmaler, rosa Schlitz. Und ihr Loch ist genauso eng, wie es aussieht, glaub mir", fachsimpelt Ted mit einer Hand nach hinten auf die Arbeitsfläche aufgelegt. Vor ihm schaukelt sein Bier in der anderen Hand. Er betrachtet Abby. Auch Todd schaut hin, kann gar nicht anders, als auf ihre Scham schauen, und Ted hat Recht: Der Spalt zwischen ihren glatten Schamlippen ist winzig schmal, zieht sich nach unten als feine Linie, entzieht sich den Blicken und hält ihr Löchlein verborgen dabei. „Die ist so eng, das gibt einen richtigen Unterdruck, wenn sie auf deinem Schwanz steckt", spricht Ted und gackert. „Boh, jetzt ist aber mal gut!", braust Todd auf und löst seinen Blick von Abby. Er wendet sich zu Ted. „Jetzt ist gut! Abby soll sich was anziehen, du spinnst ja wohl!", empört er sich und scheint viel größer als Ted. Ist er ja auch.

Ted aber schüttelt den Kopf und weist zu Abby mit einer Bewegung. Die steht unverändert mit den Händen auf dem Kopf. „Nein, nein, nein, Todd ..", spricht er ruhig und lächelt. „Schau, die findet das total geil. Schau, wie sie da steht", erklärt er und Todd folgt seinem Blick. Suchend tanzt Abbys Blick auf Todd. Er blickt zu ihr.

Abby hält den Mund geöffnet, kann nicht sprechen. Atmen gelingt nicht. Auch hört sie nichts mehr. Da hallt etwas in ihr, Teds Stimme. „Steckt ... steckt" rollt in ihr und laut rauscht ihr Blut. Verschwommen empfängt sie, was ihre Augen melden: ein Bild von Todd. Er steht vor ihr und betrachtet sie. Nah scheint er ihr.

„Glaub mir, die findet das total geil. Schau dir das an. Schau dir ihren roten Hals an, gleich geht das runter bis zu den Titten. Die ist total heiß. Die kann gar nicht denken, so geil ist die", erklärt Ted in entspannten Ton und Todd erkennt, dass es stimmt. Er kann sehen, dass Abbys Puls rast, kann ihre Blockade erkennen. Eine Ader an ihrem Hals pocht schnell. Todd will protestieren, etwas einwenden, doch Ted kommt ihm zuvor und spricht zu ihr: „Na komm, zeig mal dein Fötzchen. Streck das mal raus. Zeig uns den Schlitz", spricht er warm und Abby gehorcht sofort, zieht den Bauch ein und kippt das Becken nach vorn. Jetzt können beide besser sehen, denn sie präsentiert ihren Schlitz. Ihr Bauch ist eingefallen, die Hüftknochen zeichnen sich ab, und einen halben Millimeter öffnet sich zartrot ihr Spalt. So steht sie da, die Hände noch auf dem Kopf und endlich gelingt ihr das Atmen wieder, denn der Atem hatte ausgesetzt. Ein Gefühl, ein Gedanke, flattert in ihr. „Meine Tittchen sind nackt", huscht eine Ahnung in ihr vorbei und verfliegt. Ein neuer Gedanke, ein neues Gefühl: warme Blicke auf ihrem Schlitz. „Schön ist das", steigt in ihr auf und sie steht gerne so.

„Na komm, zieh es auseinander. Einmal das nasse Löchlein zeigen", spricht Ted wie selbstverständlich und ohne Zögern und ebenso selbstverständlich nimmt Abby die Hände vom Kopf und zieht ihre Schamlippen auseinander. So steht sie da, das Becken gekippt und zeigt ihr rosa Fleisch. Glänzend liegt der Kitzler frei und unten ahnt man den Schatten ihres Lochs. Sie atmet zweimal gepresst, schaut an sich herab, was sie da tut, wie sie mit ihren Fingern ihre Scham spreizt, hält das Kinn auf die Brust gedrückt. „Auf die Zehenspitzen mit dir und Finger ins Loch, damit Todd sieht, wo es ist. Schön rein damit", fordert Ted und Abby steht schon auf Zehenspitzen und schiebt einen Finger in ihr kleines Loch. Saft läuft ihr Fingergelenk entlang, rinnt Richtung Hand. Abby denkt nicht, weiß nicht, fühlt nicht. Nur wonnig warm ist sie, nimmt am Rande schwimmend in einem wattigen Ozean wahr, dass sie Todd ihr Geschlecht präsentiert. „Das ist alles nicht wahr, aber schön", wabert es in ihr und schön klopft ihr Puls.

„Geil die Kleine, oder? Zum Abgreifen", spricht Ted zu Todd. Er grinst und ist stolz. Todd, schweigt, hält das Bier zu schief, fast tropft es aus der Flasche. Er betrachtet Abby, wie sie auf den Zehenspitzen stehend nackt schwankt vor ihm mit eingezogenem Bauch, mit ihrem Finger im Loch. Sein Blick tanzt auf ihrem Gesicht. Entrückt lächelt sie ihn an und Todd scheint es, als warte sie.

„Lasst uns essen, die Lasagne ist fertig", wechselt Ted das Thema und stößt sich von der Arbeitsfläche ab.

Abby hat nicht protestiert, oder nur kaum. Sie sitzt nackt mit den Männern am Tisch, auf dem Stuhl am Kopfende den Rücken zur Küche gewandt und die Männer sitzen angezogen links und rechts.

Wie erwacht war sie nach der Sache auf den Zehenspitzen, hatte endlich ein Shirt oder etwas zum Anziehen verlangt, aber Ted hatte sie am Arm zu sicher herangezogen, geküsst, ihren schlanken Körper an seinen gedrückt. Durch T-Shirt und Shorts hat sie seine Muskeln gespürt, den Kuss, die Hand, die ihren Hintern massiert. So ist ihr Widerstand verflogen und nackt hat sie den Tisch gedeckt. „Ist gar nicht schlimm", fiel ihr auf, und auch, besonders auch, weil Todd weder eine dumme Bemerkung machte noch sie angegafft oder ignoriert hat. Das macht es ihr leicht. Selbstverständlichkeit. Also serviert sie den Männern splitterfasernackt und mit klopfendem Herzen die Lasagne. Sie sitzen schon am Tisch. Es sirrt in ihr, da ist wieder dieses sirrende Gefühl. Kaum nimmt sie es wahr, hat Hunger und reibt sich den nackten Bauch. Sie muss warten, genau wie die anderen. Die Lasagne siedet in der Pappschale, ist viel zu heiß.

Auf nüchternen Magen schlägt schon der erste Schluck Sekt bei ihr ein. Nach zwei Minuten fühlt sie den Alkohol. Ihr Kopf ist heiß, noch heißer jetzt. Ihre Brüste auch.

Ihre rechte Zitze juckt. Es ist unerträglich, sticht schon fast. Es tut richtig weh. Todd macht irgendeinen Witz, doch Abby hört nicht zu. Ihre Zitze ... sie will nicht daran kratzen, das wäre ihr zu peinlich, ahnt sie. Ganz steif sitzt sie, weil mit nackten Tittchen hier am Tisch. Der Reiz wird zu groß, also zieht und kneift sie endlich an ihrer Brust, nimmt ihre Brustwarze zwischen die Finger und rollt sie hin und her, damit das Jucken vergeht. Sie macht es schnell und fest. Ein Impuls schießt von ihrer Brust zur Scham wie aus dem Nichts unerwartet. Ihre Hüfte zuckt und die Beine klappen zusammen, damit nichts spritzt. Abby schluckt und hält den Atem ein. Sie staunt. Das war knapp. Die Männer haben nichts bemerkt und unterhalten sich vor ihr.

Die Stimmung ist gelöst. Alles scheint völlig normal und ist es doch nicht. In Abby sirrt es die ganze Zeit und langsam, ganz langsam müssen sie die Lasagne essen; sie ist so heiß. Abby wird für jedes Bier einzeln zum Kühlschrank geschickt. Und auch muss sie aufstehen, um einen Löffel zu holen, der völlig überflüssig ist. Alle drei albern herum und bekennen gackernd die Wahrheit, dass es nur darum gehe, dass sie als einzige Frau nackt in der Küche herumspringt. Auch sind sich alle drei einig: die Männer angezogen, die Frau nackt, das hat seinen Reiz.

Todd trinkt extra schnell, damit Abby ein neues Bier holen muss. Gackernd und beschwipst entspricht sie dem Wunsch. Und als Ted sie auf dem Rückweg bittet, noch einmal ihren Schlitz zu präsentieren, kichert sie nur, und wiederholt die Prozedur mit rotem Kopf auf Zehenspitzen vor dem Tisch. Sie stoßen darauf an. Zwei Bierflaschen klirren gegen ein Piccolo Sekt.

Teds Wohnung, Außenstadt, Port Kishon
20:49

Ted hat Todd zur Türe gebracht. Er kommt zurück in die Küche und Abby steht an der Spüle, wäscht Teller ab. Noch immer ist sie nackt, steht nur auf einem Bein und reibt mit dem Spann ihres Fußes die Wade des anderen Beins.

Da ist etwas in ihr, ein Stich, ein Wanken. Eine Betäubung scheint verschwunden jetzt, jetzt, wo Todd gegangen ist, ist sie wie nüchtern. Oder nicht? Der Sekt! Alles wirkt so stark, so gut und so schlecht zugleich. – Abby weiß nicht Recht, aber etwas Ungutes ist da auf der Höhe ihres Bauchs in ihr, fühlt sich ungut an. Sie schluckt, schiebt Haar aus ihrem Gesicht hinter ihr Ohr und stellt den Teller in das Trockengitter. Wasser und ein Rest Schaum gleiten auf der glatten Keramik herab.

Ted stellt sich hinter sie, bleibt stehen dreißig Zentimeter entfernt. Sie kann ihn spüren. Zu dem unguten Gefühl im Bauch addiert sich ein Kribbeln im Nacken.

Abby kann es nicht sehen, aber sein Blick gleitet an ihrem Leib hinauf und hinab. Im Mundwinkel spielt seine Zunge und er hält die Hände in den Taschen seiner Shorts. Jetzt lächelt er. Abby spült eine Tasse, die vom Vormittag stehen geblieben ist, dreht sie unter dem Wasserstrahl in ihren Händen.

„Todd ist lustig", spricht Ted und Abbys unheilvolles Gefühl im Bauch weicht zurück. Alles wird leicht in einer Sekunde. „Ja, ist er", lacht sie auf, meint es so und das Ungute ist gänzlich verschwunden. Ein Gedanke an Todd streicht vorbei, wie er eine Bemerkung macht am Tisch, sie mit nackten Tittchen...

„Ich glaube der ist ein wenig verliebt in dich", spricht Ted von hinten und beobachtet sie. Seine Hände spielen in den Taschen der Shorts. Das ungute Gefühl in Abbys Bauch ist wieder da. „Na super! Und ich springe hier nackt herum. Sehr schlau!", stöhnt sie, stellt die Tasse in das Abstellgitter und bereut. „Du hast ihm sein Fötzchen gezeigt", erklärt Ted zufrieden und das ungute Gefühl breitet sich in ihr aus, wird zum Kloß im Hals. Wut! Ihr wird heiß. Sie sucht das Besteck auf der Spüle, will nicht nach hinten schauen zu ihm jetzt. „Eh, ich bin so bescheuert", flüstert sie, schüttelt sanft ihren Kopf, versteht sich nicht und ein Wechselregen verschiedener Gefühle setzt ein: Ihr schaudert unter ihrer Haut. Da ist Scham. Noch mehr Blut schießt ihr in den Kopf „Was habe ich gemacht!?!", rast in ihr entsetzt vorbei, und wird in einer halben Sekunde von Freude abgelöst. Ihr Herz springt.

„Der fand das super", hört sie Ted hinter sich. Die Freude in ihr macht einen Satz nach oben, ist viel stärker jetzt, schießt in ihren

Kopf und Schoß zugleich. Sie hebt das Kinn. Stolz rast ihre Wirbelsäule hinauf und Abby bemerkt nicht, wie sie sich streckt. Ted beobachtet das Spiel ihres Halses. Schön sieht das aus.

„Wie fandest du es?", hört sie ihre eigene Stimme und stellt langsam das nasse Besteck in den Trockenkorb. Wassertropfen glänzen auf Metall.

„Total geil", flüstert er warm. Sie kann seine Wärme spüren. Sie ist nackt. Ihre ganze Oberfläche, ihre ganze Haut ist auf Empfang. Es sirrt. Es sirrt in Abby. Wieder! Das Sirren ist wieder da! Sie dreht sich nicht herum, steht sehr gerade, fast auf den Zehenspitzen und er kann ihr Lächeln nicht sehen, soll er nicht. Ganz fein lächelt sie. Ihre Augen funkeln und sie weiß nichts davon. Das dauert noch. Es wird noch lange dauern, bis Abby spürt, spüren kann, was genau sie da freut.

„Wie geil von eins bis zehn war es für dich?", fragt sie, weiß nicht, woher die Frage kommt und ihr Herz klopft laut, löst das Sirren ab, ergänzt es sogar.

„Tisch!", flüstert Ted in ihr Ohrund Abby zuckt. Es ist ein Code.

Es muss schnell gehen. Es muss dann immer schnell gehen, das ist so vereinbart, so erprobt. Eigentlich war es Teds Idee, damals. Sie hat nur mitgemacht am Anfang und bis heute bedeutet es nichts für sie. Sie macht nur mit und beobachtet seine Freude dabei. Normalerweise. Aber diesmal macht sie schnell ganz von selbst. Die Zeitschrift ist im hohen Bogen durch ihre Hand vom Tisch geflogen und schon liegt Abby nackt und schlank mit dem Rücken auf der Tischplatte. Ihr Po liegt auf der Kante. Sie hält die Beine hoch in die Luft, abgewinkelt und gespreizt. An ihren Zitzen zupft und dreht sie mit den Handflächen, wartet auf ihn. Ted zieht sich aus. Er lässt sich Zeit und lässt Abby liegen wie ein blanker, nackter, langbeiniger Käfer am Rand ihres Esstischs.

Zur Prozedur gehört, dass er sie warten lässt. Manchmal lässt er sie Minuten warten, so, genau so in dieser unwürdigen Haltung lässt er sie dann warten auf den Fick, den sie gar nicht will, sondern ihn aus Freundlichkeit machen lässt. Und irgendwie ist es schön so zu liegen auf dem harten Tisch für sie. Für ihn sowieso.

Sie schaut zu Ted nicht zur Decke wie sonst, wenn sie wartet. Sie zieht an ihren Brustwarzen steil nach oben. Haut und Brustwarzen folgen, stellen sich auf. Ein schöner Reiz. Ihr Atem geht schnell und gelig läuft es aus ihrem Schlitz und sie bemerkt es nicht.

Ted grinst, hat endlich die Shorts ausgezogen, und tritt nur in T-Shirt bekleidet an den Tisch. Er pumpt an seinem Schwanz. Es ist einstudiert. Fast jeden Tag muss Abby auf den Tisch. War es anfangs noch freundlich, neckend gemeint von ihm, muss sie mittlerweile sofort auf den Tisch springen, die Beine spreizen und warten, wenn das Codewort fällt. Sie muss nicht so tun, als ob es ihr gefällt. Das verlangt er nicht. „Hinhalten reicht", behauptet er und es geht schnell vorbei, wenn sie sich artig festhält und nicht meckert.

Aber heute ... Er hat es bemerkt: „Hat dich das geil gemacht, du nacktes Fötzchen?", spricht er und grinst. Ted sieht gut aus von unten, aus ihrer Perspektive. Attarktiv. Sie liegt gerne so, hört es gerne und ein Schwall spritzt aus ihrem Schlitz. Es rinnt über die Tischkante. Sie bemerkt es wieder nicht, denn ihr Puls rast und ihr ist heiß. Die Tischfläche haftet an ihrer Haut. Ted tritt zwischen ihre Beine, pumpt an seinem Schwanz. Abby legt ihre Waden auf seine Schultern. Ted schüttelt nur den Kopf und sie weiß Bescheid: Zu früh! Das darf sie noch nicht. Sie hebt die Beine wieder an und spreizt sie weit, spreizt, so weit sie kann. Wie Gräten stehen ihre Beine ab in der Luft. Abby hat nicht geantwortet bis jetzt, kann es nicht. Ihr Atem presst und blockiert in ihr und es ist hart und schwer und anstrengend so zu liegen. Ihre Bauchmuskeln spielen.

Es ist anders diesmal. Alles ist anders. Viel schneller ist es in ihr und sie versteht es nicht. Kurz hebt sie ihren Kopf, sieht Teds steifen Schwanz in seiner Hand vor ihrer Scham. „Das fandest du super so nackt herumlaufen zwischen uns die ganze Zeit", behauptet er, doch sie widerspricht mit einem harten „Nein". Sie glaubt ihre Lüge. Ted grinst. Beide grinsen und leisten ein Blickduell. Keiner gewinnt. „Auf Zehenspitzen, Loch aufgehalten, triefnass und Finger drin, direkt vor uns, fandest du mega!", behauptet er. „Mega, mega!", setzt er nach und jetzt muss Abby lachen. Das ist so absurd! Ihre Beine zappeln in der Luft neben ihm und sie fixiert sie, stabilisiert sie mit den Händen unter ihren Oberschenkeln. Ted massiert seinen Schwanz vor ihrem Schlitz grinsend.

„Nein, hat es nicht. Ich fühl mich total mies damit", spricht sie entschieden. „Total mies?", fragt er zurück. „Total mies ja. Im ersten Moment nicht, jetzt ja. Im Nachhinein ja", bestätigt sie und sucht seinen Blick. Es ist ein bisschen wahr.

„Ich dachte, also ich dachte, dass du jetzt öfters so machst", spricht er munter, zwinkert ihr zu, rückt ein kleines Stück vor und seine Eichel berührt ihre Klitoris. Abby zuckt. Sie zuckt zurück mit der Scham und dann wieder vor, bis ihr Kitzler seinen Schwanz wieder berührt. Es gleitet. Alles ist nass dort unten bei ihr. „Keine Chance! Nie wieder. Du hast mich übertölpelt, aber sowas mach ich nie wieder, das mit den Zehenspitzen und nackt und so. Oh man!", haucht sie und hält die Augen geschlossen. Sie kippt den

Kopf hin und her. Sie schämt sich, versteht nicht, was geschehen ist. „Das ist so intensiv", rollt in ihr das Gefühl, meint beides, den Schwanz an der Klit und das im Kopf und wundert sich.

„Beine breit!", murmelt er. „Hab ich!", protestiert sie. „Ich will deine Sehnen sehen", erklärt er unbeirrt, beobachtet ihre Scham und sie versteht, zieht ihre Beine breit, so weit sie kann mit den Händen. Fast Spagat. Die Sehnen zeichnen sich ab an der Unterseite ihrer Scham wie verlangt. Sie ächzt und er macht und rückt zurück und dann vor und voll hinein. Das Gefühl trifft sie wie ein Donnerschlag, und in genau diesem Moment, kommt ihm die Idee, die alles in Bewegung bringt.

Nachwort

So, lieber Leser, jetzt hast du Abby ein wenig kennen gelernt. So ein wenig. Appetitlich ist sie, finde ich. Oder? Also ich finde die heiß. Ich mag das. Habe ich mit Absicht gemacht. Es liest sich einfach schöner, wenn die Damen appetitlich sind. Aber lasse dich nicht täuschen von ihrem Alter und ihrer Gestalt. Unterschätze sie nicht. Unterschätze Abby nie. Mache nicht den gleichen Fehler wie Ted. Ted ... Hm ... ich weiß nicht... schwer zu sagen, was man von ihm halten soll.

Vielleicht habt ihr es bemerkt. Es deutet sich an: Hier und da reagiert Abby sexuell. Da springt etwas in ihr an.

Abby hat keine Ahnung, was es ist. Wie soll sie auch? Sie ist neunzehn Jahre alt! Aber, Abby hat ein Talent. Von einer Sache hat sie ganz viel: dem untrüglichen Gespür, das sie ihren Wünschen folgen soll.

Und das wird sie. Heute nicht mehr. Der Tag ist gelaufen. Da sind noch die drei Minuten auf dem Tisch mit Ted, aber besonders ist das nicht. Der Donnerschlag, so laut er noch nachklingen mag in ihr, verhallt und sie bleibt zurück auf dem Tisch mit benutztem Schlitz. Aber morgen, morgen ist ein neuer Tag und da ... da fängt es an.

Ted – noch eine Empfehlung an Ted, noch wäre es nicht zu spät. Noch könnte er zurück: Säe nie, was du nicht zu ernten vermagst. Aber zu spät, Ted sät.

Bisher erschienen auf Kap Kishon

Abby Band 1 – ein sirrend schöner Auftakt einer sexuellen Romanreihe. „Erotik" träfe es nicht, denn es ist mehr. Mitgenommen wird der Leser bei der sexuellen Entwicklung einer jungen Frau.

Was als Scherz gedacht war, weckt Abbys Sexualität und die ist gewaltig und wunderschön. Zart fängt es an, aber es hört überhaupt nicht mehr auf.

Taschenbuch & e-book

Abby Band 2 – Fortsetzung der Romanreihe „Abby".

Abby lässt sich treiben, und es ist fabelhaft, denn sie sind zu dritt. Wer genau hinschaut erkennt: Abby ist kein Miststück. Sie wird von etwas getrieben, was viel größer ist, als alle glauben.

Sehr frivol, sehr munter entdeckt Abby, was in ihr steckt.

Taschenbuch & Kindle

Hinter Bandan – Kommissar Waporetzkis erster Fall – Erotischer Kriminalroman aus Kap Kishon.

Unvergleichlich dieser Kommissar. Er hat da diese besondere Art. Dabei will er weder Ermitteln, noch das mit den Frauen. Er will seine Ruhe. Aber er muss und so erwacht Waporetzki in seiner Polizeiwache am Strand aus seinem Dornröschenschlaf.

Taschenbuch & Kindle

Schweißnackt – 42 Erzählungen aus Sexpartys und Fetischnächten
Ganz anders als man denkt geht es zu in dieser diskreten Partywelt. Die Vorstellungen sind falsch. 42 persönliche Erzählungen berichten davon. Tauche ein in die Welt aus Tanz, Latex, Lack und nackter Haut.
Taschenbuch & E-Book

offen lieben – 47 Erzählungen aus offener Beziehung
Offene Beziehung ist ganz anders als man denkt. Mit so vielen Personen kommt man in Kontakt und so eng und so heiß… Eine verrückte Welt. Davon muss man einfach berichten.
Offen lieben ist pure Konfrontation mit dem Leben.
Taschenbuch & Kindle

Luder sind mir willkommen – Erzählungen und Essays aus einem Leben in sexueller Freizügigkeit
Lebt man sexuell ausschweifend, hält sich nicht an Monogamie und das übliche Leid, so fällt einem so einiges auf. Eine ganz andere Perspektive öffnet sich auf die Welt. Erzählungen davon und gegen die Moral.
Taschenbuch & Hardcover & E-Book

Weitere Erzählungen aus Kap Kishon:

Janina schwebt: erotische Erzählung aus Kap Kishon
Lulu lacht: erotische Novelle aus einem Schattenreich
Das Rollenspiel: erotische Erzählung
Die Floristin 01: vor Feierabend. Erotische Erzählung wider der Schüchternheit.
Mikes Garage Teil 1: mit nassen Beinen. Natursekterzählung
Mikes Garage Teil 2: nackt unter Männern
Die Scat-Prinzessin Teil 1 bis Teil 9

Stand April 2020